Comentarios de los niños para Mary Pope Osborne, autora de la serie "La casa del árbol".

Cuando leo estos libros, siento que estoy en otro mundo, en el que puedo ser quien deseo ser, hago lo que deseo y voy adonde quiero ir. —Ross E.

De los 3.000 libros que he leído, los tuyos son los mejores. —Lauren S.

Me gustan tanto tus libros que sería capaz de leerlos con los ojos cerrados. —Gabriel R.

Por lo general, prefiero mirar televisión, así que mi mamá se alegra mucho cuando me ve leyendo tus libros. ¡Por favor, escribe algunos más! —Brian B.

Adoro tus libros. Cuando los leo, siento que soy Jack y Annie a la vez. A mí me gusta leer mucho, al igual que a Jack, y me encanta imaginar cosas, como lo hace Annie. —Robin P.

Tus libros son tan educativos. —Allan D.

No me gusta mucho la lectura. Pero tus historias son tan interesantes que me encanta leerlas. —Katy P.

Ojalá pudiera pasarme la vida leyendo las historias de "La casa del árbol". —Juliette S.

¡Los bibliotecarios y los maestros también están encantados con la colección!

Después de leer Piratas después del mediodía *me di cuenta de que había muchos otros libros en la colección, de modo que encargué los restantes... Ojalá hubieras visto la reacción de mis niños al ver los nuevos libros. ¡Alegra el corazón de una maestra ver a sus alumnos pelearse por los libros!* —D. Bowers

Te agradezco la maravillosa contribución a la literatura infantil. Mis alumnos también están agradecidos. —E. Mellinger

Tu colección es pura magia. —J. Royer

Utilizo tus libros para enriquecer mi actividad como docente. El momento de leer tus historias en el aula es el más sereno del día. —J. Korn

¡Por favor, no dejes de escribir estas historias! Realizas una gran labor al hacer que los niños aprendan a amar la lectura. —J. Arcadipane

Oír a los niños rogar por "un capítulo más" es el sueño de todo especialista en lectura y, con tus libros, mi sueño se ha hecho realidad. —K. Letsky

Queridos lectores,

La idea para este nuevo libro de la colección surgió a partir de un pequeño artículo que leí en el periódico. Un grupo de arqueólogos descubrió las ruinas de una biblioteca de papiros en una antigua ciudad del Imperio Romano. Era la ciudad Herculaneum que, tras la erupción de un volcán 2.000 años atrás, había quedado completamente sepultada. Era el mismo volcán que había destruido otra ciudad cercana, tal vez la más conocida para todos, la ciudad de Pompeya.

Siempre quise escribir un libro sobre esta ciudad, así que sólo tuve que darle rienda suelta a mi imaginación y ponerme a trabajar. Mudé la biblioteca a la ciudad de Pompeya y mandé a Annie y a Jack en una misión para buscar un papiro perdido... ¡justo en el momento en que un volcán estaba por entrar en erupción!

¡Espero que disfruten de este escalofriante viaje junto a Annie y a Jack, tanto como yo!

Les desea lo mejor,

Mary Pope Osborne

LA CASA DEL ÁRBOL #13

Vacaciones al pie de un volcán

Mary Pope Osborne

Ilustrado por Sal Murdocca

Traducido por Marcela Brovelli

LECTORUM
PUBLICATIONS INC

Para Louis de Wolf-Stein,
quien siempre quiso que yo
escribiera sobre la ciudad de Pompeya.

VACACIONES AL PIE DE UN VOLCÁN

Spanish translation copyright © 2007 by Lectorum Publications, Inc.
Originally published in English under the title
VACATION UNDER THE VOLCANO
Text copyright © 1998 by Mary Pope Osborne
Illustrations copyright © 1998 by Sal Murdocca

This translation published by arrangement with Random House Children's Books, a
division of Random House, Inc.

MAGIC TREE HOUSE ®
is a registered trademark of Mary Pope Osborne; used under license.

ISBN-13: 978-1-933032-19-1
ISBN-10: 1-933032-19-7

Printed in the U.S.A.

CWMO 10 9 8 7 6 5 4

Library of Congress Cataloging in Publication data is available.

ÍNDICE

Vacaciones al pie de un volcán

1

Código secreto

Jack sacó del cajón su tarjeta secreta de bibliotecario. Mientras sostenía en la mano la delgada plaquita de madera, recorría con la yema de los dedos las brillantes letras: *MB*.

—"Maestro Bibliotecario" —susurró por lo bajo.

No podía creerlo. Por fin, su hermana y él lo habían conseguido.

Se preguntó si debía llevarse la tarjeta secreta consigo de vacaciones. Estaba a punto de marcharse con su familia a las montañas por una semana.

Justo en ese momento, Annie se asomó a la habitación de su hermano.

—¿No quieres ir al bosque? —preguntó.

Todas las mañanas, Annie y Jack iban al bosque de Frog Creek para ver si Morgana le Fay y la casa del árbol habían regresado.

—No podemos. Estamos a punto de marcharnos —dijo Jack.

—Pero… ¿y si Morgana está allí? ¿Y si nos está esperando? —insistió Annie.

—De acuerdo —respondió Jack—. Vamos a echar un vistazo.

Guardó el cuaderno, el lápiz y la tarjeta secreta dentro de la mochila y bajó por las escaleras detrás de su hermana.

—¡Regresaremos pronto! —dijo Annie en voz alta.

—¡No se alejen demasiado! ¡Nos iremos en veinte minutos! —gritó el padre de ambos.

—No te preocupes, papá. Estaremos de vuelta en *diez* minutos —contestó Annie.

"*Correcto*", pensó Jack. "*Cinco minutos para llegar al bosque y cinco para regresar a casa*". Incluso si Morgana les tenía reservada una aventura, regresarían a la misma hora en que se habían marchado.

Bajo el sol radiante de la mañana, Annie y Jack salieron corriendo por la puerta principal, atravesaron el jardín y, rápidamente, bajaron por la calle.

—Anoche tuve una pesadilla —dijo Annie.

—¿Con qué soñaste? —preguntó Jack.

—Soñé con que algo se quemaba. Todo se veía muy oscuro y lleno de humo. Y el suelo temblaba sin parar. ¿Tú crees que fue un aviso, Jack?

—No. Las pesadillas nunca se cumplen, Annie —dijo Jack.

Se alejaron de la acera y se internaron en el bosque de Frog Creek. Allí todo estaba tranquilo y silencioso. Caminaron por entre los árboles, bañados por la luz del sol, hasta que se toparon con el roble más alto del bosque.

—¡Grandioso! —exclamó Annie.

Allí estaba. En la copa del roble estaba la casa del árbol. Y Morgana le Fay, asomada a la ventana, les hacía señas para que subieran.

—¡Hola, Maestros Bibliotecarios! —gritó.

Con picardía, Annie y Jack hicieron una reverencia.

—A sus órdenes, señora —contestó Annie.

—¡Vamos, suban! —insistió Morgana.

Annie y Jack subieron a la casa del árbol por la escalera de soga. Morgana los estaba esperando con un libro y un trozo de papel en la mano.

—Tengo una misión muy importante para ustedes —dijo—. ¿Están listos?

—¡Por supuesto! —respondieron ambos.

El corazón de Jack comenzó a latir más rápido:

había soñado con ese momento desde que Morgana lo convirtiera en Maestro Bibliotecario, al igual que a su hermana.

—Ustedes saben que yo colecciono libros para la Biblioteca de Camelot, ¿verdad? —preguntó Morgana.

Annie y Jack asintieron con la cabeza.

—Bueno, a lo largo de la historia, se fue perdiendo el rastro de muchas bibliotecas —explicó Morgana—. Y con ellas, se perdieron relatos maravillosos.

—¡Eso es muy triste! —exclamó Annie.

—Sí, lo es —dijo Morgana—. Pero, por suerte, con la ayuda de la casa del árbol y la de ustedes, los Maestros Bibliotecarios, algunos de esos relatos podrán recuperarse. Como por ejemplo…

Morgana les enseñó un trozo de papel. Había una inscripción misteriosa en él:

Vir Fortissimus in Mundo

—¿Se trata de un código secreto? —preguntó Jack.

—En cierta forma, sí —explicó Morgana, sonriendo—. En realidad, se trata del título de un relato extraviado en el pasado. Está escrito en latín, el idioma de los antiguos romanos.

—¿Los antiguos romanos? —preguntó Jack. A él le gustaba todo lo relacionado con los antiguos romanos.

—Sí —respondió Morgana—. Este relato pertenecía a una biblioteca del Imperio Romano. Necesito que ustedes lo recuperen antes de que la biblioteca desaparezca para siempre.

—¡Déjalo en nuestras manos! —dijo Annie.

—¿Trajeron sus tarjetas secretas? —preguntó Morgana.

—Sí —respondió Jack.

—Muy bien, no las pierdan. Llegado el momento, la gente indicada sabrá para qué sirven

—explicó Morgana—. Y, como siempre, aquí tienen el libro que les servirá de guía.

Morgana le entregó el libro a Jack. Debajo del título: *La vida en tiempos de los romanos*, había el dibujo de una ciudad y de gente vestida con túnicas y sandalias.

—¡Grandioso! —exclamó Jack.

—Y aquí tienen el título del relato que necesito que recuperen. —Morgana le entregó el trozo de papel a Jack y él lo guardó en la mochila.

—Recuerden siempre que el libro les servirá para guiarlos. Y nunca olviden esto: *En el momento crítico, sólo el relato extraviado podrá salvarlos.* Pero primero deberán encontrarlo.

Annie y Jack asintieron con la cabeza.

—Es hora de partir. Y no olviden lo que les dije —insistió Morgana.

—Gracias —dijo Jack. Señalando la tapa del libro sobre los romanos, agregó:

—¡Deseo ir con mi hermana a este lugar!

De pronto, el viento comenzó a soplar.

—¡Oh, casi lo olvido! —gritó Morgana, y su voz se mezcló con el viento—. Me encargaré de que pasen inadvertidos.

—¿Qué quieres decir? —gritó Jack.

Antes de que Morgana pudiera responder, la casa del árbol comenzó a girar.

Más y más rápido cada vez.

Después, todo quedó en silencio.

Un silencio absoluto.

—¡Increíble! —susurró Annie—. Si nos vieran nuestros amigos.

2

El fin está cerca

Jack abrió los ojos y se acomodó los lentes.

Morgana había desaparecido, al igual que toda la ropa de Jack: los pantalones vaqueros, la camiseta, las zapatillas y también la mochila.

Ahora llevaba puesta una túnica blanca y un cinturón, un par de sandalias acordonadas y una bolsa de cuero.

Jack miró a su hermana. Annie estaba vestida igual que él. Morgana se había encargado de que ambos se vieran como dos niños de la época de los antiguos romanos.

—Me temo que esto era lo que Morgana tenía en mente —comentó Jack— cuando dijo que se encargaría de que pasáramos inadvertidos.

—Me siento como la Cenicienta —agregó Annie—. Me encanta esta ropa.

—Sí —exclamó Jack, aunque él tenía más bien la sensación de llevar puesto un vestido de niña.

Annie se asomó a la ventana.

—Qué bonito paisaje —dijo.

Jack se paró junto a ella. Habían aterrizado en medio de una arboleda. En uno de los costados se veía una bella montaña. Y en el otro, una ciudad encendida por la luz del sol.

—Me gustaría saber dónde estamos —dijo Jack. Abrió el libro sobre los antiguos romanos y comenzó a leer en voz alta:

Hace casi 2.000 años, el 24 de agosto del año 79 A.D., la ciudad costera de Pompeya era una típica ciudad del Imperio Romano, donde muchos ciudadanos pasaban

las vacaciones. Allí construían enormes mansiones que llamaban *villas* y plantaban olivares en las laderas de un monte llamado Vesubio.

Annie permaneció junto a la ventana, observando el paisaje. Jack tomó la bolsa, sacó un lápiz y el cuaderno, e hizo algunas anotaciones:

Vacaciones en Pompeya
el 24 de agosto del año 79 A.D.
Mansiones llamadas villas

Jack volvió a mirar por la ventana.

—Realmente, parece un sitio muy bonito para ir de vacaciones —afirmó.

—Debemos de haber aterrizado en un campo de olivos —agregó Annie.

—Sí. Y la ciudad debe de ser Pompeya —comentó Jack. Luego, miró en la dirección contraria y agregó:

—Y ése debe de ser el Vesubio.

—Ese nombre me da escalofríos —comentó Annie.

—¿Hablas en serio? —preguntó Jack—. A mí no —agregó, mientras releía sus notas.

—¡Eh! ¿Sentiste eso, Jack?

—¿Qué cosa? —preguntó él, alzando la mirada.

—El suelo se sacudió. Y también oí un crujido —explicó Annie.

—Creo que vuelves a soñar despierta —dijo Jack, frunciendo el ceño.

—No, no estoy soñando. Hay algo extraño en este lugar. Creo que debemos irnos a casa —dijo Annie.

—¿Te has vuelto loca? Morgana nos encomendó una misión. Además, siempre quise conocer una ciudad romana —insistió Jack.

Y luego de guardar el cuaderno y el libro sobre los romanos en la bolsa de cuero, bajó por la escalera de soga.

—¡Vamos! —gritó, pisando suelo romano.

Annie se quedó inmóvil, mirando a su hermano.

—¡Apúrate, no seas gallina! —insistió Jack, mientras se acomodaba los lentes—. ¡Vamos, será divertido!

Annie continuó en su sitio.

"¿Qué le sucede?", se preguntó Jack. *"Casi siempre soy yo el que se preocupa por todo"*.

—¡Por favor, Annie! ¡No podemos decepcionar a Morgana!

—Bueno, de acuerdo. Pero, será mejor que nos demos prisa en encontrar ese relato —respondió Annie, con un suspiro, al tiempo que descendía por la escalera.

Jack y su hermana avanzaron por entre los olivos. El sol brillante les quemaba la piel.

Con el monte Vesubio a sus espaldas, ambos marcharon hacia la ciudad de Pompeya.

—¡Qué extraño! No se oyen los pájaros

—comentó Annie. Estaba en lo cierto. El campo de olivos estaba demasiado silencioso.

—Pierde cuidado —le aconsejó Jack—. A lo mejor los pájaros también se fueron a la playa. Ven, crucemos ese puente.

Jack guió a su hermana a través del pequeño puente de madera que salvaba un angosto arroyo. Pero, cuando llegaron al puente, notaron que el arroyo estaba completamente seco.

—Esto sí que es *extraño* —dijo Annie.

—No te preocupes. El arroyo está seco porque hace mucho que no llueve —explicó Jack.

Ambos cruzaron el puente y se adentraron en una calle muy concurrida. La calzada estaba enlosada.

Había mucha gente comprando cosas en las tiendas al aire libre, alineadas a lo largo de la calle. Algunos parecían estar muy apurados. Otros se movían lentamente. Los niños caminaban junto a sus padres. Los adolescentes reían y conversaban en grupos.

"No se ven muy diferentes a la gente de Frog Creek, cuando hace las compras", pensó Jack. *"La única diferencia es la ropa"*.

—¿Cómo haremos para encontrar la antigua biblioteca perdida? —preguntó Annie, mirando a su alrededor.

—No lo sé —respondió Jack—. Tratemos de

mantenernos alerta.

Ambos caminaron por entre las tiendas. En ellas había decenas de jarras y jarrones. Cuando Jack se acercó para verlos mejor, notó que estaban llenos de granos, frutos secos y aceitunas. Del techo de algunas otras tiendas colgaban trozos de carne.

Luego, Annie y Jack pasaron junto a una bulliciosa taberna, atestada de gente que comía y bebía. Un hombre tocaba un instrumento de cuerda.

—¿Lo ves? ¡No hay de qué preocuparse! —dijo Jack—. Este lugar no es tan diferente a los de nuestra época.

—No se trata de eso —insistió Annie, con la mirada sombría.

—¡Mira, allí hay una barbería y una zapatería! —dijo Jack, señalando con el dedo.

El barbero le cortaba el pelo a un niño. Y en la

tienda contigua, una niña se probaba un par de sandalias junto a su madre.

—Es como en casa —comentó Annie.

Ambos continuaron caminando hasta que pasaron junto a una panadería llena de panecillos recién horneados.

—¡Esos panes parecen pizzas! —dijo Annie, con una sonrisa en los labios.

—¡Tienes razón! —afirmó Jack.

El delicioso aroma a pan lo hacía sentirse aún más en casa. Jack observó a su hermana, que caminaba a su lado, sonriendo entusiasmada.

Luego, llegaron a una gran plaza cuadrangular, atestada de gente, carros y caballos y más puestos ambulantes.

—¡Galletas de miel! ¡Dátiles rellenos! ¡Huevos de avestruz! —pregonaban los vendedores.

Los granjeros vendían uvas, ajo y cebolla. Los pescadores vendían todo tipo de pescados.

Pequeños grupos de gente escuchaban los discursos que hacían algunos hombres parados sobre unos cajones.

—¡Esto debe de ser el foro! —dijo Jack. Y buscó dentro de la bolsa el libro sobre los romanos. Rápidamente examinó cada página, hasta que encontró el dibujo de una plaza cuadrangular:

> El centro de toda ciudad del Imperio Romano se denominaba foro. Era la plaza principal donde la gente se reunía para vender mercancías y discutir sobre asuntos de política.

—¡Tenía razón! —afirmó Jack. Y sacó el cuaderno para anotar:

foro = centro de la ciudad

—¡Jack! —susurró Annie, tirando de la túnica de su hermano—. ¡Mira!

Jack alzó la vista. Annie le hizo señas para que observara a una anciana, que los miraba con insistencia.

La mujer llevaba puesta una capa negra. Tenía el pelo de color gris, todo enmarañado. Y, al parecer, le faltaban algunos dientes.

Al ver a Annie y a Jack, la anciana los señaló con su dedo huesudo.

—¡El fin está cerca! —expresó, con voz ronca—. ¡Regresen a su casa, forasteros!

—¡Guau! —exclamó Annie.

—Será mejor que nos alejemos de ella, antes de que la gente se pregunte quiénes somos —sugirió Jack.

Guardó el cuaderno y ambos se alejaron corriendo. La anciana se quedó maldiciendo tras ellos.

3

¡Gladiadores!

Annie y Jack se ocultaron detrás de un puesto de frutas. Se quedaron allí un rato y luego echaron una mirada a su alrededor.

—No la veo —dijo Jack.

—¿Quién era? —preguntó Annie.

—No lo sé. Pero me dio la sensación de que estaba loca —agregó Jack.

—Mira qué dice el libro —sugirió Annie.

—No creo que diga nada acerca de ella —dijo Jack.

—¡Vamos, mira! —insistió Annie.

Con un suspiro, Jack tomó el libro sobre el antiguo imperio. Se sorprendió al encontrar un dibujo de la anciana. Leyó en voz alta:

En la época de los romanos, había gente que tenía poderes para ver el futuro y advertir a los demás acerca de lo que veían. Se les llamaba *adivinos*.

—¿Lo ves? ¡La anciana no estaba loca! —afirmó Annie—. Nos hacía una advertencia. Como la pesadilla que yo tuve.

—No le prestes atención a eso —dijo Jack—. Los adivinos pertenecen a tiempos antiguos. La gente de nuestra época no cree en ellos.

—Pero yo sí creo —insistió Annie—. Estoy *segura* de que algo malo está por suceder.

—¡Vamos, tenemos que continuar con nuestra misión! —sugirió Jack—. Debemos encontrar la biblioteca. Después nos iremos enseguida.

—Tienes razón —dijo Annie.

Se alejaron del puesto de frutas y atravesaron el foro. Pronto se toparon con un enorme edificio del que mucha gente entraba y salía constantemente.

—¿Es *eso* una biblioteca? —preguntó Annie.

—Vamos a ver —sugirió Jack. Luego abrió el libro sobre los romanos y encontró un dibujo con el mismo edificio, que ponía:

La mayoría de los ciudadanos de Pompeya no tenían baño en su casa, de manera que debían ir a los baños públicos. Allí, la gente no sólo tomaba duchas, sino que también nadaba, practicaba deportes y se reunía con amigos.

—Es lo mismo que ir a la piscina —comentó Annie—. Pero, si ese edificio no es una biblioteca, debemos seguir caminando.

Así, ambos siguieron adelante hasta que

llegaron a un elegante edificio con grandes columnas.

—¿Es *eso* una biblioteca? —volvió a preguntar Annie. Jack encontró un dibujo del mismo edificio y leyó lo que ponía en voz alta:

Los ciudadanos de Pompeya creían que muchos dioses y diosas gobernaban el mundo. Éste es el Templo de Júpiter, su dios supremo. En este templo la gente le rezaba a Júpiter y le hacía ofrendas. Hoy, los relatos acerca del dios Júpiter y de otros dioses y diosas se denominan *mitos*.

—Mi maestra nos leyó algunos —dijo Jack—. Aún recuerdo unas historias sobre Hércules y Apolo.

—Sí, mi maestra también nos leyó algunos relatos —agregó Annie—. Los que más me gustan son los de Venus y Medusa.

—Oye, tal vez el relato que estamos buscando es un mito —comentó Jack.

—Sí, tienes razón. Pero, debemos seguir buscando —sugirió Annie.

Jack y su hermana abandonaron el foro y tomaron una calle ancha. De pronto, Jack suspiró, sorprendido por una impresionante imagen.

Altos guerreros, con *enormes* músculos, marchaban en fila. Todos llevaban vistosos yelmos y escudos muy pesados.

"*Soldados*", pensó Jack al verlos.

Pero, notó que tenían los pies encadenados. Y, junto a ellos, marchaban varios guardias.

"*Son gladiadores*", susurró Jack.

4

Hechos tenebrosos

Cuando Jack sacó el libro sobre los romanos, encontró un dibujo en el que se veían decenas de aquellos hombres fornidos. Luego, leyó en voz alta lo que ponía debajo del dibujo:

Los gladiadores eran esclavos o criminales que peleaban en el anfiteatro. A veces, eran obligados a pelear entre ellos y, otras, debían enfrentarse a animales salvajes, como osos o leones. Para los ciudadanos de Pompeya las luchas de los gladiadores eran una gran diversión.

—¿Y eso qué tiene de divertido? —preguntó Annie—. Creo que no me equivoqué. Este lugar es muy extraño.

—Tienes razón —dijo Jack—. Esto no tiene nada que ver con nuestra época.

Annie y Jack observaron a los guardias mientras conducían a los gladiadores hacia un edificio similar a un estadio descubierto.

—Ése debe de ser el anfiteatro —dijo Jack—. Voy a investigar.

—De acuerdo. Pero, ya sabemos que no es una biblioteca —agregó Annie.

Ambos subieron por la calle que conducía al anfiteatro. La gente reunida en la entrada, al ver a los gladiadores, comenzó a alentarlos al tiempo que éstos avanzaban hacia el interior del anfiteatro.

Annie y Jack caminaron detrás de ellos pero uno de los guardias los amenazó con una lanza.

—No se permite la entrada a los niños —dijo el guardia con voz firme—. ¡Vamos, retírense!

—¡Sí! ¡Corran! ¡Salven su vida! —exclamó una voz chillona.

Annie y Jack miraron a su alrededor. Era la adivina, apuntándoles con su dedo huesudo.

—¡Oh, no! ¡Es ella otra vez! —exclamó Jack—. Vámonos de aquí.

—¡Espera! —insistió Annie—. Quiero hablar con ella.

—¿Te has vuelto loca? —dijo Jack.

Pero, antes de que pudiera detenerla, Annie corrió hacia la anciana.

Jack se quedó en su sitio, observando a su hermana mientras hablaba con la mujer.

—¡Jack, ven aquí! —gritó Annie.

—¡Oh, cielos! —exclamó Jack. Y se acercó a su hermana y a la adivina.

—¡Cuéntele! —dijo Annie.

La mujer posó los ojos sobre Jack.

—Todos los arroyos de Pompeya se han secado —explicó la anciana.

—¿Recuerdas el arroyo cercano al campo de olivos? —preguntó Annie.

—Sí, lo recuerdo. Es posible que estén así porque hace mucho que no llueve —comentó Jack.

—No. Hay hechos más tenebrosos. Cuéntele, señora —insistió Annie.

—Todos los pájaros se han marchado —explicó la anciana.

Jack se quedó parado en el lugar, mirando a la mujer.

—Ella me dijo que las ratas también huyeron. Y las vacas están haciendo ruidos muy extraños —agregó Annie.

—¿Y eso a qué se debe? —quiso saber Jack.

—El mar se está recalentando. Y la tierra tiembla y habla —dijo la anciana.

—¿Lo ves? ¡Te lo dije! —agregó Annie.

—Pero, ¿por qué está sucediendo esto? —le preguntó Jack a la anciana.

—Porque el fin está cerca —susurró ella con voz ronca.

—Tenemos que marcharnos ahora mismo —dijo Annie.

—Pero, ¿y la biblioteca? —preguntó Jack.

—¿Qué biblioteca? —preguntó la anciana.

—Muéstrale el título del relato, Jack —sugirió Annie.

Jack sacó el trozo de papel de la bolsa de cuero.

—Hay un libro con este título en una biblioteca en esta ciudad —comentó Jack.

—¿Y entonces? —preguntó la anciana.

—Nosotros tenemos que tratar de recuperarlo —explicó Annie, enseñando su tarjeta secreta.

La adivina se quedó observando la tarjeta y la inscripción en ella por un momento. Luego, miró a los niños y sonrió cálidamente.

—Ahora comprendo —dijo—. La única biblioteca que conozco está en la casa de Brutus. —Señaló una enorme villa, situada al final de la calle—: ¡Dense prisa!

—¿Brutus nos dejará pasar? —preguntó Jack.

—Él y su ama de llaves están en Roma. Ésa es su residencia de vacaciones —explicó la anciana.

—Pero, no podemos entrar sin su permiso. Ni mucho menos llevarnos algo que no nos pertenece —insistió Jack.

La anciana sacudió la cabeza con tristeza.

—Después de hoy, no quedará *nada* en la ciudad de Pompeya —dijo—. Nada en absoluto.

Jack sintió un escalofrío en la espalda.

—Ahora, vayan y tomen lo que han venido a buscar. Luego, márchense enseguida —sugirió la anciana.

—¡Gracias! —dijo Jack, y tomó a su hermana de la mano—. ¡Vamos, Annie! —dijo.

—¡Gracias! —dijo Annie, mirando a la anciana—. Usted también debería abandonar la ciudad.

Annie y Jack se alejaron corriendo hacia la villa.

5

¿Dónde están los libros?

Annie y Jack corrieron hacia la entrada de la villa. Al llegar, Jack abrió la puerta.

—¡Vamos, entra! —dijo Annie.

Los dos entraron al vestíbulo.

—¡Holaaaa! —llamó Annie en voz alta.

Nadie respondió. Al parecer, el lugar estaba desierto.

El vestíbulo tenía una gran abertura en el techo. Debajo de ella había una pequeña pileta de piedra, llena de agua. Jack la observó con cuidado.

—El agua de lluvia debe de caer por esa abertura y los dueños de la villa la canalizan a la pileta y la utilizan como agua potable —comentó Jack.

Y, sin perder tiempo, buscó el cuaderno para tomar más apuntes.

—¡No hay tiempo, Jack! —dijo Annie—. ¡Tenemos que revisar todas las habitaciones para ver si hay libros!

—De acuerdo, tranquila —sugirió Jack. Y, después de guardar el cuaderno, siguió a su hermana.

—¿Libros? ¿Libros? —llamó Annie en voz alta echando una mirada a la habitación contigua al vestíbulo. Luego, examinó la habitación siguiente. Y la contigua a ésta—: ¿Libros? ¿Libros?.

Jack seguía a su hermana unos pasos más atrás, revisando cada habitación por segunda vez. Quería ver cómo eran las casas en la época de los romanos. Pero tenía que dejar los apuntes para más tarde.

En las dos primeras habitaciones había camas de madera, imágenes pintadas sobre las paredes y los pisos estaban enlosados con piedrecitas de colores.

En la tercera habitación había una mesa de patas cortas y, sobre ella, una vajilla de plata. Alrededor de la mesa había tres sillones oblicuos y cada uno tenía un almohadón.

—Éste debe de ser el comedor —dijo Jack—. Los romanos siempre se sentaban en sillones mientras comían. ¿Sabías eso, Annie?

Ella no contestó. ¿Dónde se había metido?

—¡Jack, ven aquí! —gritó Annie desde lejos.

La voz de su hermana le sirvió de guía. Annie se encontraba en un jardín ubicado junto al comedor, donde había un pequeño patio de piedra, varias palmeras y algunas parras. Justo en el centro había un pequeño estanque con una pequeña fuente adornada con la estatua de una sirena, donde nadaban pececitos de colores.

—¡Mira, ahí hay otra habitación! —dijo Annie. Se acercó a la puerta de la habitación contigua al jardín.

Abrió la puerta y miró adentro con cuidado.

Jack también miró la habitación. A lo largo de las paredes había enormes estantes llenos de hojas de papel enrolladas.

—¡Diablos! —exclamó Annie—. Aquí no hay libros. —Y cerró la puerta—: No hay un solo libro en *toda* esta bendita villa. ¡Salgamos de aquí!

—¡Espera un minuto! —dijo Jack—. Tengo una idea.

Sacó el libro sobre los romanos de la bolsa y comenzó a hojearlo con cuidado, hasta que encontró un capítulo titulado ESCRITURA. Leyó:

> **Los romanos utilizaban plumas hechas de caña. En parte, la tinta provenía de la tinta negra de los pulpos. Y escribían sus "libros" en rollos de papel de papiro.**

—¡Ah! —exclamó Jack—. ¡Es una biblioteca de papiros! ¡Seguro que nuestro relato extraviado se encuentra aquí!

6

El fin está aquí

Jack abrió de un tirón la puerta de la habitación donde se encontraban los rollos de papiro. Junto con su hermana corrió hacia los estantes.

Luego buscó el trozo de papel con el título escrito en latín:

Vir Fortissimus in Mundo

—Bueno, ahora debemos encontrar el papiro que tenga este título —dijo.

Sin perder un minuto, Annie y Jack comenzaron a desenrollar los papiros, uno por uno. Todos estaban escritos a mano y en latín.

—¡Aquí está! —dijo Annie.

El título del papiro coincidía con el del trozo de papel.

—¡Síííí! —exclamó Jack—. Ojalá supiera latín, así podría saber de qué habla el relato.

—¡No pienses en eso ahora! ¡Tenemos que irnos! —insistió Annie. Tan pronto le dio el papiro a su hermano, salieron de la habitación.

—¡Vamos, Jack! ¡Trae el papiro!

—Sólo quiero saber de qué trata el relato —comentó Jack.

Colocó el papiro en la bolsa de cuero y comenzó a hojear el libro sobre los romanos buscando un dibujo similar al antiguo rollo de papiro. Hacia la mitad del libro encontró un dibujo en el que se veía un volcán en erupción, ubicado junto a una ciudad. Debajo del dibujo ponía lo siguiente:

> Durante 800 años, el Vesubio, ubicado junto a la
> ciudad de Pompeya, había sido un monte tranquilo.
> Pero el 24 de agosto del año 79 A.D., al mediodía,
> se convirtió en un mortífero volcán en erupción.

—¡Oh, no! —susurró Jack—. ¡*Hoy* es el 24 de agosto del año 79 A.D.! ¿Qué hora es? ¡Annie! —gritó, buscando a su hermana.

Ella había desaparecido.

—¡Annieeeee!

Jack tomó la bolsa, sujetó fuertemente el libro acerca de los romanos y salió corriendo de la habitación.

—*¡Annieeee!*

—¿Qué sucede? —Annie apareció en la puerta de entrada del comedor.

—¡Un v-v-volcán! —tartamudeó Jack.

—*¿Qué dices?* —preguntó Annie.

—¡Al me-me-mediodía entrará en e-e-erupción un volcán! —afirmó Jack.

Annie se quedó sin habla.

—¿Qué hora es? —gritó Jack.

—Así que, *esto* es lo que la anciana trataba de decirnos. ¡El fin *está* cerca! —dijo Annie.

—¿Qué hora es? —volvió a preguntar Jack, mirando alrededor del jardín.

De pronto vio algo cerca de la fuente.

—¡Un reloj solar! ¡Así es como los romanos calculaban la hora! —afirmó Jack.

Annie y Jack corrieron hacia el reloj.

—¿Qué hora marca este reloj? —preguntó Annie.

—No lo sé —respondió Jack.

Le temblaban las manos mientras hojeaba las páginas del libro. Por fin se detuvo en un dibujo: era un reloj solar, con ejemplos de distintas horas. Jack observó el reloj solar real y el del libro.

—¡Mira! —exclamó Jack. Había encontrado el dibujo que coincidía con el reloj cercano a la fuente. Leyó con atención lo que decía debajo del dibujo:

La sombra del reloj solar casi no puede verse al mediodía.

—¡Oh, cielos! —exclamó Jack con un hilo de voz. Y, mirando a su hermana, agregó: —El final está cerca; el final está *aquí*.

En ese instante, se oyó una terrible explosión. Fue el ruido más fuerte que Jack había oído en su vida.

7

El cielo se desploma

De pronto, Jack se encontró tirado sobre el piso de piedra del patio, que temblaba sin cesar. El escalofriante ruido venía del centro mismo de la tierra.

Jack alzó la cabeza. Annie también estaba tirada sobre el piso.

—¿Estás bien? —preguntó ella.

Jack respondió que sí con la cabeza.

Todo a su alrededor temblaba y se partía en mil pedazos: jarrones, plantas, la estatua. El agua de la fuente había empezado a derramarse sobre el patio y salpicó a Jack y a Annie.

Ambos se levantaron de un salto justo cuando algunos trozos del techo comenzaban a caerse sobre el jardín.

—¡Será mejor que entremos! —dijo Jack.

Agarró la bolsa de cuero y se precipitó en la biblioteca de papiros junto con su hermana.

Enormes grietas partieron el piso de piedra cuando Annie y Jack corrieron hacia la ventana para mirar hacia fuera.

Trozos de piedra encendida de todos los tamaños eran expulsados hacia el cielo encima del Vesubio; la cima del monte había explotado.

—¿Qué pasa? —preguntó Annie.

—Déjame mirar en el libro —contestó Jack. Y leyó en voz alta el capítulo acerca del volcán.

**Cuando un volcán entra en erupción, arrastra
roca ardiente derretida desde su interior
hacia la superficie de la tierra. Esta sustancia,
que se denomina *magma*, una vez arrojada
fuera del volcán recibe el nombre de *lava*.**

—¡Lava! ¡Es barro ardiente! —explicó Jack.

—¡Y lo cubre todo a su paso! —agregó Annie.

Jack continuó leyendo:

**No hubo desplazamiento de lava del monte
Vesubio. El *magma* del volcán se enfrió tan
rápidamente que formó pequeñas rocas de color
blanco grisáceo. Este tipo de roca se denomina
piedra pómez, es liviana y tiene orificios,
al igual que una esponja.**

—Eso no me parece *muy* peligroso —dijo
Annie.

—¡Espera, hay más! —dijo Jack. Y continuó
leyendo.

Una gran nube de piedra pómez, ceniza, y roca ardiente, expulsada a gran velocidad hacia arriba, al caer, sepultó la ciudad de Pompeya por completo.

—¡Oh, cielos! ¡Esto es un verdadero desastre! —afirmó Jack.

—Está oscureciendo —agregó Annie.

Jack miró hacia fuera otra vez. Por encima de ellos se expandía una espesa nube negra, como un paraguas gigante sobre la tierra. El sol se había desvanecido tras la cortina de humo gris.

—¡Ésa debe de ser la nube de ceniza y piedra pómez! —dijo Jack.

Justo en ese instante la tierra volvió a temblar.

Y sobre los papiros cayeron enormes trozos de escombro.

—¡Tenemos que salir de aquí! —dijo Annie.

Ambos salieron corriendo de la biblioteca en dirección al jardín. Sobre ellos caía una intensa lluvia de ceniza y piedra pómez.

—¡Tenemos que cubrirnos la cabeza! —dijo Jack.

Sin perder tiempo, Annie y Jack se precipitaron al comedor.

—¡Mira, Jack, ahí hay almohadones! ¡Cubrámonos la cabeza con ellos!

Se abalanzaron sobre los sillones junto a la mesa y agarraron los almohadones.

—¡Usa el cinturón para sujetar el almohadón sobre tu cabeza! —sugirió Jack.

Ambos se quitaron los cinturones de las túnicas y se cubrieron la cabeza con un almohadón.

Un trozo de yeso cayó justo delante de ellos.

—¡Vamos! ¡Debemos apurarnos! —dijo Jack.

Y así se dirigieron hacia la puerta de entrada, pisando las tejas caídas del techo.

Una ráfaga de polvo y calor estuvo a punto de derribarlos al suelo. Cuando salieron a la calle, una lluvia de piedra pómez cayó sobre sus cabezas.

—¡Corre, Jack! —gritó Annie.

Y ambos corrieron de la villa hacia las oscuras calles llenas de fuego.

8

Mediodía de pesadilla

Desde lejos se podía ver la llamarada emergiendo del monte Vesubio. Del cielo caía una copiosa lluvia de ceniza y trozos de roca ardiente.

El aire, polvoriento y caliente, olía a huevos podridos. Annie y Jack corrieron calle abajo. En el foro, todos—compradores, soldados, gladiadores, vendedores—corrían en todas las direcciones.

Los puestos ambulantes se habían desplomado. Los carros se deslizaban de aquí para allá.

Jack se quedó petrificado en el lugar. No sabía hacia dónde correr.

—¡Por allá! —gritó Annie.

Jack corrió detrás de su hermana, dejando atrás el Templo de Júpiter. Sus poderosas columnas se habían desplomado, y las paredes habían comenzado a desmoronarse.

Al pasar junto a los Baños Públicos, Annie y Jack notaron que el techo se había hundido.

—¿Hacia dónde iremos ahora? —gritó Annie.

—¡La casa del árbol está en el olivar! —contestó Jack.

—El puente y el olivar están cerca de aquella calle llena de tiendas al aire libre. ¿Recuerdas el puente? —preguntó Annie.

Jack contempló el monte en erupción. Una nube rojiza y caliente flotaba encima del monte. Las llamas cubrían las laderas.

—¡Ve hacia el Vesubio! El monte estaba detrás de nosotros cuando llegamos a Pompeya.

—¡De acuerdo! —gritó Annie.

Así que, mientras todo el mundo se alejaba corriendo del monte, Annie y Jack avanzaban hacia él.

Sobre la calle de las tiendas al aire libre, decenas de canastos y jarrones rotos rodaban entre los escombros.

Rápidamente, Annie y Jack pasaron junto a la panadería y la tienda de zapatos, el puesto de carnes y la barbería. Todas las tiendas estaban vacías. Los dueños habían huido.

Cuanto más se acercaban al volcán, más se sacudía la tierra y más oscuro y polvoriento se tornaba el aire.

—¡En mi pesadilla sucedía lo mismo! —gritó Annie.

—¡Mira! ¡El campo de olivos! —gritó Annie.

—¡La casa del árbol está justo allá arriba! ¡Vamos!

Jack no veía casi nada, pero siguió avanzando detrás de su hermana. Se alejaron de la calle y corrieron hacia el arroyo seco, cercano al olivar.

—¿Dónde está el puente? —gritó Annie.

Miraron con desesperación a su alrededor. *El puente había desaparecido.*

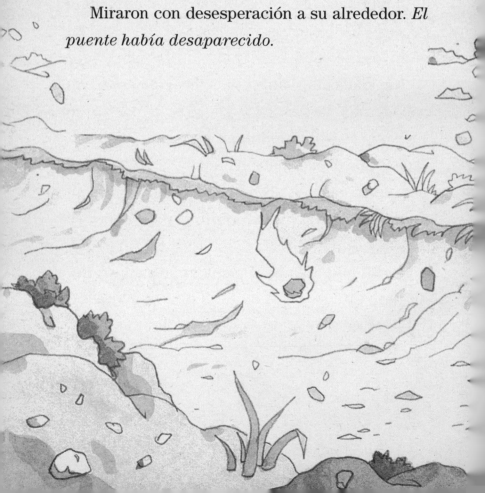

9

¡Sálvanos!

—¡El puente debe de haberse desplomado! —gritó Annie.

Se fijaron en el arroyo seco. Arrastrada por el viento, la piedra pómez se había apilado formando enormes montículos, como montañas de nieve.

—Vamos a tener que atravesar estos montículos si queremos llegar al otro lado —sugirió Jack.

Se deslizaron por el banco del arroyo tratando de caminar sobre los montículos de piedra pómez que continuaba cayendo.

De pronto, Jack quedó atrapado en medio de los millones de partículas grises y calientes de piedra pómez.

—¡Casi no puedo moverme! —gritó Annie.

—¡Yo tampoco! —agregó Jack.

—¡Recuerda lo que nos dijo Morgana! —sugirió Annie.

En ese momento, Jack era incapaz de recordar nada. Estaba demasiado cansado y aturdido.

—¡En el momento crítico, sólo el relato extraviado podrá salvarlos! ¿Dónde está la bolsa de cuero? —preguntó Annie.

Jack alzó la bolsa por encima del mar de piedra pómez. Annie la tomó, sacó el antiguo papiro y, alzándolo hacia el cielo oscuro, exclamó:

—¡*Sálvanos, relato extraviado!*

Jack sintió que su cuerpo se hundía cada vez más. Pero de repente oyó una potente voz:

—¡Levántate, hijo!

Luego, alguien tomó a Jack en brazos.

Una gran llamarada encendió la polvorienta oscuridad. En medio de la luz rojiza, Jack vio al hombre más grande y más fornido del mundo.

Tenía la apariencia de un gladiador, pero era más musculoso que los que habían visto antes.

El hombre sostuvo a Jack con una mano y a Annie con la otra. Los depositó al otro lado del arroyo.

—¡Corran! ¡Huyan antes de que sea demasiado tarde! —insistió el gigante gladiador.

Sin hacer preguntas, Annie y Jack corrieron hacia el campo de olivos.

Saltaron por encima de ramas caídas y enormes grietas en el suelo hasta que por fin llegaron al árbol en cuya copa estaba la pequeña casa de madera.

Treparon rápidamente por la escalera de soga.

—¿Dónde está el libro de Pensilvania? —preguntó Jack, en voz alta. Estaba tan cegado por la ceniza que no conseguía encontrar el libro que siempre los llevaba de regreso a su casa.

—¡Aquí está! —gritó Annie—. ¡Queremos ir a este lugar! —agregó, señalando un dibujo del libro.

Jack notó que la casa comenzaba a girar.

Y giró más y más rápido cada vez.

Después, todo quedó en silencio.

Un silencio absoluto, maravilloso, tranquilo.

10

Una explicación sencilla

Jack permaneció inmóvil. Nunca se había sentido tan cansado en su vida.

—¡Respira! —dijo Annie.

Lentamente, Jack tomó una bocanada de aire fresco y limpio. Abrió los ojos, pero no podía ver nada.

—¡Quítate los lentes, están llenos de polvo! —dijo Annie.

Jack se quitó los lentes. Lo primero que vio fue la mochila. Las túnicas blancas y las sandalias de soga ya habían desaparecido. Al igual que la bolsa de cuero y los almohadones que llevaban sobre la cabeza.

Aliviado, Jack respiró muy hondo. Mientras limpiaba los lentes con la camiseta, escuchó una voz que decía: Estoy *muy* feliz de verlos sanos y a salvo.

Morgana le Fay estaba parada en un rincón de la casa del árbol. Se la veía tan adorable y misteriosa como siempre.

—¿Están contentos de regresar a casa? —preguntó.

Jack asintió con la cabeza. El ruido del volcán en plena erupción resonaba todavía en sus oídos.

—F-fue aterrador —dijo con voz ronca.

—Lo sé. Pero tú y tu hermana fueron muy valientes —comentó Morgana—. Y, a la vez, fueron testigos de un momento muy conocido de la historia. Aún hoy, los científicos continúan investigando las ruinas de la ciudad de Pompeya en busca de más información acerca de la época de los romanos.

—Me siento muy triste por toda esa gente —dijo Annie.

—Sí —exclamó Morgana—. De todos modos, la mayoría de los ciudadanos *pudo* escapar. La ciudad quedó completamente sepultada bajo las cenizas al día siguiente.

—Casi quedamos atrapados —agregó Annie—. Pero al invocar la ayuda del relato extraviado, un gladiador gigante nos salvó.

Jack buscó en la mochila. Con un suspiro de alivio, comprobó que el papiro estaba todavía allí. Cuando lo sacó, estaba cubierto de polvo y ceniza.

—Aquí está el relato extraviado —dijo.

Se lo entregó a Morgana.

—Estoy profundamente agradecida —respondió ella, con voz suave—. Arriesgaron todo por

traérmelo. Nunca podré agradecerles lo suficiente.

—No te preocupes por eso —comentó Jack. No quería que Morgana supiera el miedo que habían pasado.

—Sí, no te preocupes —dijo Annie.

—Su labor como Maestros Bibliotecarios ha sido impecable —afirmó Morgana—. ¿Creen que podrán rescatar otra historia antigua?

—¡Por supuesto! —exclamó Annie.

—¿Ahora? —preguntó Jack. En realidad, estaba un poco cansado.

—No. Ahora disfruten de las vacaciones —dijo Morgana, sonriendo—. Los espero dentro de dos semanas. La segunda misión será en la antigua China.

—¿Antigua China? ¡Me encanta! —exclamó Annie.

—¡Oh, cielos! —exclamó Jack, asombrado.

—¡Ahora, vayan a su casa y descansen! —sugirió Morgana y le entregó la mochila a Jack.

—¡Muchas gracias! Adiós —dijo él.

—¡Adiós! —dijo Annie.

Morgana los saludó moviendo la mano suavemente. Annie y Jack salieron de la casa del árbol y bajaron por la escalera de soga. Antes de marcharse, Jack alzó la mirada.

—¡Morgana! —llamó—. ¿De qué trata el relato que acabamos de rescatar?

—Se llama *El hombre más fuerte del mundo* —contestó ella—. Es el relato extraviado sobre Hércules.

—¿*Hércules?* —exclamó Jack.

—Sí. Era uno de los héroes de los griegos y de los romanos. Era el hijo de Júpiter —explicó Morgana.

—¡Ah! ¡*Ahora* entiendo! —dijo Annie.

—Devolveré el papiro a la biblioteca de Camelot —explicó Morgana—. Todos querrán leerlo cuando lo vean, gracias a ustedes. Bueno, nos veremos, adiós —y se despidió de Annie y Jack.

Mientras Morgana movía la mano, el viento comenzó a soplar. Y la casa del árbol empezó a girar. Y, de pronto, un remolino de sombras y destellos se llevó a Morgana y la pequeña casa de madera.

Annie y Jack se internaron en el bosque.

—¿Te diste cuenta? —preguntó Annie.

—¿De qué hablas? —quiso saber Jack.

—¡El que nos salvó fue Hércules! —explicó Annie—. Cuando invocamos la ayuda del relato perdido, fue *él* quien apareció.

—Eso es imposible —respondió Jack—. Debe de haber sido un gladiador. La historia de Hércules es un *mito*, eso significa que él nunca existió.

Después de atravesar el bosque, Annie y Jack tomaron la calle que los llevaba a casa.

—Ya sé que se trata de un mito —comentó Annie—. Pero, para esto tengo una explicación sencilla.

—¿Qué explicación? —preguntó Jack.

—Hércules es un mito para la gente de *esta* época —explicó Annie—. Pero para los antiguos romanos él era real. Así que, mientras estuvimos allí, para nosotros Hércules fue real.

—No lo sé... —dijo Jack.

—¿Alguna vez escuchaste el dicho? —preguntó Annie—. *En Roma, haz como los romanos.*

—Sí, claro. —rió Jack. Y, mirando hacia el cielo, dijo suavemente—: ¡Gracias, Hércules, dondequiera que estés!

—¡Annie! ¡Jack! ¡Es hora de partir! —La voz del papá de los niños se oyó desde el porche.

—¡Oh, cielos! ¡Se me había olvidado! —dijo Jack.

—¡Sí! Espero que *nuestras* vacaciones sean bien tranquilas —agregó Annie.

—¡Sí! ¡Ojalá sean *bien* aburridas! —comentó Jack.

—¡De prisa! —gritó el papá.

¡Ya vamos! —contestaron Annie y Jack.

Y corrieron hacia la casa y hacia unas pacíficas vacaciones.

MÁS INFORMACIÓN PARA TI Y PARA JACK

1. La ciudad de Pompeya fue olvidada después de quedar sepultada bajo las cenizas y la piedra pómez. En el año 1594, la ciudad en ruinas fue descubierta por trabajadores que cavaban un túnel. Más adelante fue descubierta otra ciudad cercana que se llamaba Herculaneum y había quedado sepultada bajo una lluvia de barro ardiente luego de la erupción del volcán. Se han descubierto muchos datos acerca de la vida cotidiana de ambas ciudades. Recientemente fue hallada una biblioteca de papiros.

2. El idioma de los antiguos romanos era el latín. Muchas palabras de los idiomas inglés, francés y español se derivan del latín. Por ejemplo, la palabra *liber* significa libro y *libri* significa libros en latín. La palabra inglesa *book* en español se dice libro y en francés, *livre*. En inglés existe la palabra *library*, que quiere decir biblioteca.

3. El monte Vesubio entró en erupción en el año 79 A.D. Estas dos últimas letras significan *Anno Domini* o "año del Señor"; el año del nacimiento de Cristo, hace unos 2.000 años.

4. Los romanos tomaron su nombre de la ciudad de Roma, la capital del Imperio. Hoy, Roma es la capital de Italia.

5. En el año 79 A.D., los romanos tenían un poderoso ejército. Gobernaban toda Europa Occidental, el Oriente Próximo y el norte de África.

6. Hércules es el nombre romano de Heracles, el héroe de la mitología griega. Después de conquistar la antigua Grecia, los romanos adoptaron muchos héroes, diosas y dioses griegos. Heracles, quien pasó a llamarse Hércules, era uno de ellos.

No te pierdas la próxima aventura de la colección "La casa del árbol", en la que Annie y Jack son transportados a la antigua China para buscar otra historia.

LA CASA DEL ÁRBOL #14

EL DÍA DEL REY DRAGÓN

¿Quieres saber adónde puedes viajar en la casa del árbol?

La casa del árbol #1
Dinosaurios al atardecer

Annie y Jack descubren una casa en un árbol y al entrar, viajan a la época de los dinosaurios.

La casa del árbol #2
El caballero del alba

Annie y Jack viajan a la época de los caballeros medievales y exploran un castillo con un pasadizo secreto.

La casa del árbol #3
Una momia al amanecer
Annie y Jack viajan al antiguo Egipto y se
pierden dentro de una pirámide al tratar de
ayudar al fantasma de una reina.

La casa del árbol #4
Piratas después del mediodía
Annie y Jack viajan al pasado y se
encuentran con un grupo de piratas
muy hostiles que buscan un
tesoro enterrado.

La casa del árbol #5
La noche de los ninjas

Jack y Annie viajan al antiguo Japón y se encuentran con un maestro ninja que los ayudará a escapar de los temibles samuráis.

La casa del árbol #6
Una tarde en el Amazonas

Annie y Jack viajan al bosque tropical de la cuenca del río Amazonas y allí deben enfrentarse a las hormigas soldado y a los murciélagos vampiro.

La casa del árbol #7
Un tigre dientes de sable en el ocaso

Jack y Annie viajan a la Era Glacial y se encuentran con los hombres de las cavernas y con un temible tigre de afilados dientes.

La casa del árbol #8
Medianoche en la Luna

Annie y Jack viajan a la Luna y se encuentran con un extraño ser espacial que los ayuda a salvar a Morgana de un hechizo.

La casa del árbol #9
Delfines al amanecer

Annie y Jack llegan a un arrecife de coral donde
encuentran un pequeño submarino que los llevará
a las profundidades del océano: el hogar de los
tiburones y los delfines.

La casa del árbol #10
Atardecer en el pueblo fantasma

Annie y Jack viajan al salvaje Oeste, donde
deben enfrentarse con ladrones de caballos,
se hacen amigos de un vaquero y reciben
la ayuda de un fantasma solitario.

La casa del árbol #11
Leones a la hora del almuerzo

Annie y Jack viajan a las planicies africanas.
Allí ayudan a los animales a cruzar un río torrencial
y van de "picnic" con un guerrero masai.

La casa del árbol #12
Osos polares después de la medianoche

Annie y Jack viajan al Ártico,
donde reciben ayuda de un cazador de focas,
juegan con osos polares recién nacidos
y quedan atrapados sobre una delgada capa de hielo.

Mary Pope Osborne ha recibido muchos premios por sus libros, que suman más de cuarenta. Mary Pope Osborne vive en la ciudad de Nueva York con Will, su esposo y con su perro Bailey, un norfolk terrier. También tiene una cabaña en Pensilvania.